温暖的事物

胡浩 著

人民文学出版社

图书在版编目(CIP)数据

温暖的事物/胡浩著.—北京：人民文学出版社,2017
ISBN 978-7-02-012992-8

Ⅰ.①温… Ⅱ.①胡… Ⅲ.①诗集—中国—当代 Ⅳ.①I227

中国版本图书馆CIP数据核字(2017)第162018号

责任编辑　欧阳婧怡　付如初
装帧设计　马诗音
责任印制　王重艺

出版发行　人民文学出版社
社　　址　北京市朝内大街166号
邮政编码　100705
网　　址　http://www.rw-cn.com

印　　刷　三河市西华印务有限公司
经　　销　全国新华书店等

字　　数　67千字
开　　本　880毫米×1230毫米　1/32
印　　张　6.25　插页1
版　　次　2017年10月北京第1版
印　　次　2018年1月第2次印刷

书　　号　978-7-02-012992-8
定　　价　48.00元

如有印装质量问题,请与本社图书销售中心调换。电话:010-65233595

目 录

第一辑 星空微澜

3 星空微澜

4 水泵房

5 被说出的鹅卵石

6 一些暗下去,一些亮起来

8 雪山

9 家乡的湖

11 观云

12 汗水

13 乳名

14 未接电话

16 车站

18 观磨刀人磨刀

20 太平村印象

22 时令

24　窗外

25　尘世

27　乌鸦

28　等荷花开了

30　空瓶子

31　蜡烛

32　麻鸭与翠鸟

34　一双旧鞋

36　与一只鹭的邂逅

38　美好的云彩

39　苦楝树

40　废弃的船

41　旅途

42　等待

44　时间是一服中草药

45　我想成为一只蝙蝠

46　城市危情

47　在拐弯处拐弯

48　一座山的疼痛

49　小白兔

50　在夜里写一首小诗

51　迟开的水仙花

52　阳光走进一只苹果

53　雨季

55 黄昏

56 湿地

57 紫薇

59 无题

60 夜雨

61 河边

63 落叶

65 火焰

66 靠近一棵柿子树

67 听蝉

68 风吹过水面

69 与一朵小野花邂逅

70 垂钓人

71 望湖

72 一辆马车拐上长安街

73 寒鸦

74 拾桂

75 试水

76 三味

77 鹰

78 树影

第二辑　不说话的河流

- 81　不说话的河流
- 83　兄弟
- 85　歌谣
- 86　手表
- 88　老树
- 89　水车
- 90　拾穗
- 92　挖藕人
- 94　船家
- 96　荆江大堤
- 97　守库人
- 98　在沙河交通桥工地遇老乡
- 100　听黄河
- 101　幺妹
- 103　车过司马台长城
- 105　京郊遇大雾
- 106　揪住风的耳朵
- 108　蚯蚓的渺小与广大
- 110　流水
- 111　好望角
- 113　冬夜漫步在长安街

- 115 郊区生活
- 116 等待冬天的第一场雪
- 117 奥卡万戈
- 119 维多利亚湖
- 121 伊豆
- 123 马丘比丘
- 125 泰姬陵
- 127 香榭里大街
- 128 达沃斯
- 129 佛罗伦萨
- 131 迪拜
- 133 新加坡
- 134 金融街加班之贵族
- 136 典当行
- 138 挂失
- 140 三分之二
- 142 信用卡
- 144 虚拟银行
- 146 一份借贷合同
- 148 黄金
- 149 名片与明信片
- 151 钱之书
- 153 从低处往高处流
- 155 城市地下通道

156 砗磲

157 陌生

159 南方书

161 白洋淀之秋

162 深夜闻犬吠

163 蝴蝶兰

164 龟,一种缓慢的美

166 月亮的指痕

168 坚果

169 跋一　锤炼词语的钻石之光
　　　　——胡浩新诗集读后 / 邱华栋

175 跋二　心中有境界,笔下有诗情 / 李少君

180 跋三　诗歌里的胡浩 / 王刚

185 跋四　金融与诗歌 / 张者

190 后记

第一辑

星空微澜

星空微澜

仰望星空
是人类的遗传
在仰望中
我们试图寻找答案
雨后的天空
洁净
美好
像一个恋爱

无数次
我喜欢上了这样的时刻
我看见
一尾鱼
跃出了星空

水 泵 房

夜
举着一盏灯
在村庄最深最静处
明灭

河流痉挛
而田地、庄稼
以及乡亲们的梦境
被温暖着

我是唯一的夜行者
但不是唯一被照亮的人

被说出的鹅卵石

那些鹅卵石
那些被河流不断说出的鹅卵石
是河流独特的语言
日复一日
年复一年
被说成珠玑的圆
白骨的白
被说成了两岸山一样的风景
我不知道
那些鹅卵石是对谁的倾吐
是否残留表白的血丝
我只知道
这些被我说出的一切
其实不比鹅卵石轻

一些暗下去,一些亮起来

不久,冬至将至
三九也将至
一些事物逐渐暗了下去
村庄,河流
山峦暗了下去
一棵树也暗了下去
比如一棵银杏
一棵京槐,一棵红枫,一棵梧桐
一棵玫瑰,暗成暗紫,暗红
暗黄,甚至暗成铁。黑夜也暗了下去
一只乌鸦在树枝上加重了它的暗
一只野兔,一只田鼠
一只刺猬暗了下去,藏在了土地的背后
一个少女也暗了下去
被一条厚围巾挡住
一个老人彻底地暗下去了,熄灭了
最后的灯火。但阳光亮了起来
阳光走在风雨后

也走在重阳后,阳光如梳,透彻,温暖
怡情。一座仓廪亮了起来,一溜冰凌在屋
　檐下
亮了起来,一串辣椒在门墙上亮了起来
亮起来的还有松柏,修竹,
梅花。一处向阳坡,沿着向阳坡伸展的那条
　柏油路
也亮了起来。火锅炖羊肉亮了起来
一壶花雕亮了起来,一串贺冬的鞭炮也准备
　亮起来
一双世俗、慵懒的眼在冬至将至的时刻
突然亮了起来

雪　山

雪山之美

在于雪

雪之美在于白

白之美

在于一双纯洁之眼的仰望

仰望之美

在于勇敢地攀登

攀登之美

在于雪山之巅极致的晕眩

家乡的湖

栏杆的那边
是水
水的边界
叫无涯

水,在风中
抬头
反复
在反复中
更新自己

一场雨
突如其来
加重了
水的反复

而我

在水的眼中

此生

一截相伴

永远的岸

观 云

一片云,一片泼墨
只是淡了些
像江南的写意
雨洗新荷
或霜欺寒梅
风吹来
将云片移走
就像是从天空
移走了
一幅中国画

汗　水

一粒汗水的房子
晶莹,微小,简朴
但很珍贵。住进一粒汗水
需要不停地工作
需要二十四小时点灯。懒惰的人
住不进一粒汗水
拥有一粒汗水房子的人,是那些
终日躬耕在田地的人
侍立在锅炉旁的人
奋不顾身伏案写作的人
住进一粒汗水,你就
贴近了生活的源泉,你就能够看到
地球上最美丽的风景

乳 名

一个年过半百的人
在街道上
在异乡
突然有人呼叫你的乳名
你会不会惊诧
我茫然地回头
看见一个小男孩
一边答应
一边快乐的
扑向一位年轻女人的怀抱
我不禁莞尔
只是
我依然无法阻挡
一片潮湿的暮云
从眼角升起

未接电话

这个季节

滋生病痛

一不小心,就会感冒

就会咳嗽

那些中年病

也总是不期而至

高血压,糖尿病

兼或痛风

雨,像是别人家的

从早到晚

下个不停

白头鹎的叫声

也总是高高低低

远远近近

像是天地间

免费的叫卖

而我躲在书房里

拉紧窗帘

关闭房门

在人为设计的黑暗里

不停地

拨打一个手机

总是无人接听

总是"嘟,嘟,嘟"

漠不关心的回应

我屏住呼吸

多么想听到那熟悉

亲切的"哥哥"的叫声

——弟弟已病逝三年

三年来,对弟的思念

像患上了怪癖

每当雨季来临

它便发作

雨水冲洗不掉

泪水冲洗不掉

岁月,也不能

车 站

很久了,我都在为自己
策划一个局
从这个无名车站
出走一次
让一个人在车站上等
让等的人
踯躅,徘徊
唏嘘,摸遍栏杆
但不是很多年前的我
而是我在等
却始终未等到的人
我会在一个月朗星稀的夜晚
悄然而至
行囊空空
衣衫褴褛
但水木清华
初衷未改
——这是一个不同的结局

我只想做一次被等待的人
对等待我的人说
亲爱的,绝望我带走
希望你珍藏

观磨刀人磨刀

在这个世界上

刀是强者

茹毛饮血

开路断水

月光下,它冰冷的一瞥

令人不寒而栗

即使躺在刀鞘里

也会让人

心有余悸

磨刀石,却是这个世界

最愚钝的那部分

它裸露肝胆

沉默如渊

磨刀石于刀

本来是世界上最原始的冲突

是一位智者

磨刀人,让它们亲密接触

唇齿相依

看一掬清水
如何从磨刀人掌中滑落
当磨刀人挥动双臂
磨刀石便轻松地
收敛了刀的骄傲的光芒

太平村印象

燕山脚下
潮白河边
太平村,一枚纽扣
缀在华北平原的衣襟
晚风吹来
纽扣松了
胸膛打开了
炊烟开始升起来
酒馆,超市
开始喧闹起来
放羊的女人
踩着大地的时针归来
端午节过了
草是绿的
水是清的
羊群是洁白干净的
鞭梢在空中挥舞
那是羊群们的语言

高架公路,高过了村庄的头顶
来往的车辆
呼啸而过
不时按响黄昏的喇叭
只有星空是处子
安然
宁静
宁静得只要村庄微微地一动
她美丽的长睫毛
便会轻轻地一闪

时　令

不敢怀有丝毫不逊之心
此刻,只有如风中的草原
匍匐腰身
跪拜天与地

一夜之间
江河便从冰川出发
土地便从沉睡中苏醒
一只冬眠的龟
也蠢蠢欲动
一颗微小的花蕾
也开始了在一条细枝上的行程

甚至,我看到了万物的拥挤
看到了轮回
比如,生与死
爱与恨
快乐与忧伤

我看到了在疾驰的窗口
一张不断闪现
而急迫的脸

一夜之间
是的,我们便走出了苍凉
走进了
一颗巨大又谦卑的心

窗　外

喜欢孤独的人
窗外
意味着羁绊

尽管
一片苇叶
在风的唇齿
奏出了笛音
尽管
雨,时急时缓
下得
离愁

孤独
需要心的吞服
并在加重里
品味自身

尘 世

隔着尘世的雨
我的瞭望
总是不透
山在山外
水在水里
与你的距离也是
不远
也不近
快要够着了
却又收拢了脚跟
刚刚到达
还是晚了几分钟
年轻时想胖
而今要瘦
一大堆衣物
没一件适穿
天天走在土地上
喊地下的人

没一个答应

一次忧伤

总是说不出

说出的

一点不忧伤

恨着就爱了

笑着就流泪了

穷日子长

好日子短

去日多

来日少

甜味搁着不尝

要喝辣的吃酸的

还有,就是这场雨

总在我的前面

眼看就要追上

却隔着一个爱恨情仇的尘世

乌　鸦

我无法打开黑
它那么沉重
那么苍凉

我是说乌鸦
它把聒噪
推向顶端
它把黑
描到了极致

它飞翔的那一刻
星光退远
夜是多么的深

等荷花开了

等荷花开了
我便要下场雨

白天下
夜晚也下
阴天下
晴天也下
二十四小时地下
整个雨季地下
我下的雨
晶莹
闪亮,饱满
热情,率真
始终如一
杜鹃的鸣叫
我下得更深
雨燕来了
我下得更急

我下的雨

没有忧伤

没有苦恼

它明媚,快乐

像飞翔的小精灵

等荷花开了

我的雨只是下个不停

空 瓶 子

无论是玻璃的
还是塑料的
我都不再是一只瓶子
我已被人类
扔在了江河里

我终于可以随波逐流了
可以过山过水
而不在乎
水的往复
山的回头
从此,我无意
也无心把此地
或彼处当成故乡

我只要稍微地
将自己拧紧

蜡 烛

那根蜡烛
不是我点燃的
我只是
看见了它的燃尽

我看见它
每燃烧掉一点
黑暗就聚拢一点
它燃尽了
黑暗才完全地
聚拢

我只是在无意中
看见了
一根蜡烛
对黑暗的伤害

麻鸭与翠鸟

在牛口峪,有一个人
和一对翠鸟夫妻
相伴了十年
他给自己取了个名字
麻鸭
他说,这样听起来
会和翠鸟夫妻亲近些

有一天,麻鸭发来微信
那对翠鸟夫妻不见了
雌鸟在育雏期间
与雏鸟一起被蛇吃掉了
雄鸟因为悲伤
一天夜晚便悄悄地离开了
言辞里,可以感受到
麻鸭与雄鸟一样的悲伤

半月后,麻鸭又发来信息

来了一对翠鸟新人
因为它们怯生
他不敢靠近
只有透过玻璃窗
默默地探视它们

我一直没有给麻鸭回复
安慰或是祝福
我知道,麻鸭不是一个
喜新厌旧的人
我还知道,麻鸭早已是一个
离开了人群
此生只与翠鸟相邻
相伴的那个人

一双旧鞋

刚好,阳光照见了角落
照见了它们
它们并排躺着
两只眼睛
或是两张嘴
睁得很大
空洞洞地
想要表达什么
但蛛网和尘埃
遮住了它们

它们曾经几近新人
与我同行
千山和万水
一路悲苦
一路欢喜
直到有一天
它们将自己磨穿

像一匹老马将自己累倒
直到它们的主人
将它们遗弃

刚好,阳光照见了角落
照见了它们
照见了不曾觉察的我的冷漠
照见了我的愧疚
也照亮了
我心里的那一丝黑暗

与一只鸢的邂逅

在不老屯,今年春节
我与一只鸢
不期而遇

有那么一瞬间
我们彼此惊诧
显然,我们打扰了
各自的生活

它起飞
盘旋
并开始鸣叫
我理解,这是它
迎接不速之客的方式

我抬头
仰望
保持一棵树的静默

我想,这是人类
应有的礼节

有那么一次
它飞过了我的头顶
它开始
向上攀升
我发现
它每向上飞升一点
天空就被推得
更远了一点

美好的云彩

真不凑巧,雨
刚好落了下来
落在了我的尴尬上
红灯很固执
我进不得
退不得
在十字路口

但雨,没有落在
我的身上
身后,一朵
云彩一样的伞
也刚好递过我的头顶

红灯亮了
跑马雨走了
云彩也飘移了
但我记住了云彩的回眸
那一闪
青春,温软,美好

苦 楝 树

没有果味的故土
返回的道路
阻塞而黑暗

所以,我想借一棵
苦楝树
爬回去

在一棵苦楝树上
每爬一步
苦味便深一重

但每爬一步
苦楝树上
便会多一只萤火虫

没有果味的故土
返回的道路上
只剩下一棵苦楝树

废弃的船

蓝天之下
大海之上
一只旧船被锁住

风平浪静
它的沉思
一个句号

海潮退去
被夕阳拖曳
一个意犹未尽的破折

涨水之时
它隐隐身动
有着逗号之形

而当一个人到来
他们彼此多余
完全可以省略

旅　途

一年三百六十五天
一半的日子
人在旅途

江南的旅途是湿的
芭蕉,斜雨
满山开放的杜鹃
像幸福中的忧伤

北国的旅途是黯的
厉风,黄尘
倔强生长的沙棘
像忧伤中的幸福

夜幕的西窗下
总有一帧瞭望
身影在框中
眼神在千里之外

等　待

那是一株孤独的芦苇
当湖水退去
便裸露在阳光空气里
只是不知为什么
他总是朝着一个方向
深深地弯腰
而且无语
远处是斜阳下的晴峦
无边的草地仿佛有着心事
几处炊烟在空中飘啊飘
像一只滑翔的鸟在牧鞭梢盘旋
然后不慎跌落
跌落草尖
跌落在归羊的脊背
而芦苇依然湿润
裸露的根须娇嫩洁白
仿佛不慎吐露了秘密
那是一种固执的等待

如同海岩

等待潮水的千百次撕咬

生命之血

等待神剑来狂饮

也如同清月

等待夜的黑暗

芦苇在等待

等待潮水再一次的淹没

时间是一服中草药

时间是一服中草药
慢慢地饮服
能治愈身体的暗疾
它的副作用是
也消弭曾经的幸福

时间更是一把刻刀
不停地辛苦工作
曾经祛除的伤痛
又逐渐地成形
而快乐却再也回不到从前

我想成为一只蝙蝠

我想成为一只蝙蝠
用一双黑色的翅膀
在黑夜里飞行
时而沉潜于夜的底部
听夜足涉水的声音
时而盘旋于夜的海平面之上
成为夜空的夜空
我是二十一世纪最隐形的飞行

而白天我便倒挂于人世间
像一个古代圣贤
怀抱原生态的辩证法
把战争看成和平
把贫穷看成富裕
把沙漠看成绿洲
把一个爱人的离去看成相见

城市危情

蜘蛛人
在九十九层的玻璃幕墙上
上下攀缘
玻璃越擦越亮
但没有一扇敞开的门

在拐弯处拐弯

你转过身去
你的背影
成为一道栅栏
我知道,我必须在拐弯处拐弯
这一条弯路多么漫长
像一张巨弓
而我是一支箭镞
走在弓上
我以为旧事已成坟冢
可我发现,多少年后
我依然走在这张弓上
寂静的夜晚
便能听见
那张弓时时发出的嘶嘶的鸣叫
和箭镞振翅的声音

一座山的疼痛

用炸药炸开它的身体
用挖掘机挖
用装卸机装
用拖斗机运
你是不是听到了一座山
在喊痛

把这些山的骨头铺在路面上
用碾压机碾
用沥青喷
用千万双脚踩
这时一座山的疼痛
已无法喊出

无法喊出的痛
让一条路越来越宽阔

小 白 兔

一只,二只,三只……
我看见几只白兔
往你的发丛中钻

你惊诧于我的发现
请求我能为你
捉住一只

我用指头当捕夹
将最胖的那只
生生地拽出

你捧在手中
吹理它的绒毛
眼中充满无限的爱惜

我突然发觉
人到中年的妻子
是多么的美

在夜里写一首小诗

我要在夜里写一首小诗
天空只有几颗稀疏的星
我就用那些星当词语
把一首诗写得很小
但每一个字都含着光
然后趁着天还未亮
我就启动夜的按钮
把一小片夜空裁成一张 A4 纸
将小诗嗒嗒嗒地打出
让你收到的时候
依然能够闻到夜的油墨香

迟开的水仙花

一朵花,依然走在路上
让一次约会
姗姗来迟
让一首诗苦苦等待一个婉约词的出现
让一个季节留下不大不小的缺口

大地微醺
江河缓缓地起身
一朵花依然走在路上
让一次与春天的邂逅
成为了一场美丽又经典的误会

阳光走进一只苹果

阳光走进一只苹果
一只苹果抿抿嘴
圆圆的脸蛋
便由青转红。其实
阳光也就那么轻轻地一闪
比一缕风慢一些,比一双眼睛的一眨
快一点,阳光就这么走进了一只苹果
像一个人走进另一个人心里
他们依着一片枝叶
一滴清露,酝酿一个美丽又甜蜜的故事
整个秋天
洋溢着的阳光的芬芳
都在十里八乡流传

雨　季

雨,回不了头
杜鹃的鸣叫
急迫
而渊深
在杜鹃的鸣叫里
雨回不了头
清愁回不了头

泪,回不了头
诗的哀嚎
凄迷
而苍茫
一首诗在白纸上挣扎
泪回不了头
那个人回不了头

雨是爱人的泪水
泪是天空的雨

雨在泪中

泪在雨中

它们是孪生

在这个季节

雨泪是一把锁

锁住天地

也将雨和泪

牢牢地铐紧

黄 昏

月亮很早

落日很迟

坐在黄昏中

渐渐地消瘦

把手伸开

再缓缓握成拳

关闭所有感官的窗户

任风高高地升起

星空淡淡地走远

让期待的风雨不来

雷电滞留身后

此刻,诸事缥缈

尘世安静

只有掌中的平原

真实,在握

既柔软无骨

又山水相连

湿　地

芦苇入梦,终于
我拥有了你
水很浅
鱼年幼
星光微茫
晨曦如膏
一只苇莺
唱着静美的小晨曲
恰恰发育
而又未成熟的少女
雾一样地打开
羞涩中
隐藏放浪
不要干涸
也不让潮涌
漫过醉人的发际

紫　薇

经年历岁,秘事
已长出苔藓

因为湿滑,鸥趾雁爪
也已无法栖落

酒过三巡,茶温三壶
还是倾不出点墨

轩窗外,竹影摇曳
谁能勾画出汉唐女舞

深涧幽溪,短桥水流处
其谁静姝

因为,这无关容颜
花期

也无关奔放,冷漠
即使那颗花种也有翅膀

这只是一块病毒
长潜于心

这个季节,便隐隐地发作
便猛烈,便刻骨地艳丽

无 题

玉兰花开了

又落了

我听见一声叹息

沉沉落地

不用回头

那模样

一定是洁白

又忧伤

夜　雨

裹着黑纱的女子
疾走在平原

夜很深
无法朝里张望

沉雷过后
偶尔能瞥见闪电的缝隙

有人敲门
主人却迟迟不起身迎客

是蛙声，一两声
扯走了女子的面纱

河　边

河水安静
我感觉不到河流的行走
我似乎忘了
河流是不用双脚行走的

雨后
两岸柳色,草色
很新
河流的风衣
在风中
微微翘起衣角

我停住脚
尝试着河流行走的方式
我发现
肉身安然
它停摆的姿势
像一只时钟悬停的猫步

但肉身的背面

在低处

在暗部

另一只星球在旋转

潮涨潮落

不舍昼夜

我甚至能嗅到河兽的鼻息

它蛰伏

它一跃千里

落　叶

过早地离开

在人类看来

是夭折

你在不该凋落时凋落

虽意外

而我宁愿说

这是一个不错的选择

趁秋风未起

离群索居

刻意写一本自传

《离骚》太悲愤

《别赋》亦销魂

所以,你唱的是《布衣歌》

哼的是《江湖曲》

混迹于市井

踯躅于积洼

羁绊于棘丛

囚困于墙角
逍遥于逍遥之上

也许,这只是种感知
其实你早就死亡
简单的逻辑:病虫害
枯槁,飘零
被风吹离
归于尘埃

——而此刻注视你的人
需要神的启示
与救赎

火　焰

一个人独自上山,越往上走
感觉越像是在走出自己
而一座山正朝着相反的方向
走入我空着的躯体
我走进一座山的沉默
山也走进我的孤寂
在山的半腰,学一块石头停下来
我发现,先我一步的石头
似乎和我有着同样的心境
正用它固有的缄默注视一缕风的细鞭
将一片云雾赶过一个山头去
和一块石头说话很难
我看见一块石头骨碌碌地奔向另一块石头
随着"砰"的一声
我看见了石头们说出的语言
是一团美丽的火焰。呵
能否也有另一个我
与我相撞　也让我吐出语言
说寂寞就是火焰

靠近一棵柿子树

落日斜斜的色彩中

树欲静而风不止

不远处寺庙的钟声

蹒跚又缥缈

被秋霜打湿的山峦

是少女的眼睛

而庭院已被一棵柿子树照亮

一些零落的物什

一个老旧茶几

以及一卷残笺

被简单地照明

风依旧不停地从庭院吹过

柿树摇曳

庭院婆娑

此刻,温暖是可看见的事物

听　蝉

谁的一把短笛
搁在了秋风的唇齿

田野上爆裂的豆荚
打在了青花瓷的天空

黄昏后的雨脚
匆匆跑过寂静的荷沿

藏匿在近处
伸手却不可及的歌唱

风吹过水面

风吹过水面

我听到

一扇门

"吱呀"一声被打开

一柄剑

悄然脱鞘

霜刃乍泄

一位佳人

惊鸿一瞥里

柔肢一闪

风再次吹过水面

我看见满塘的景色终于被打翻

泼在了镜面

与一朵小野花邂逅

就在要与她擦肩而过的瞬间
她的目光
捉住了我的目光
在那片花草中
其实我叫不出她的名字
众花草都很光华
她却很安静
她用安静
触碰我的安静
一湖紧锁的水
被缓缓地打开
而她只用了仅仅的一瞬间
一瞬间
就让一颗心
开始不停地摇曳

垂 钓 人

与一尾鱼的距离
只有一竿
请柬早已发出
但音讯依旧杳无
如果你是一个唐朝人
你早已打马过了燕山
你也可能看到了渭水的高风升起
长安城内落红嫣然
但你寸步未移
你似乎不爱萧萧马鸣
不爱山河万里
只爱盈盈一握
盈盈之握中的一柄鱼竿
鱼竿下面不足一尺的期待

望　湖

站在湖边上
看那一大片一大片的芦苇
弓身向前的身姿
多么像一群纤夫
拉着浩大的湖
晚霞无比的瑰丽
白鹭频繁地起落
你可听到湖在湖中的欸乃声

一辆马车拐上长安街

雨,正从西山那边飘过来
我是说,一阵马蹄声
像雨脚,正从西长安街飘过来

马夫是一个中年汉子
一车的西瓜
像一个个乡娃圆圆的脸
正用慌乱,盯着
城市的慌乱

红绿灯已经错乱
车流已经紊乱
警察已经忙乱
……好一张城市后现代化的脸

北方少雨,京城少雨
不要说是马蹄声从西长安街飘过来
说是一片雨,正从
西山飘过来

寒　鸦

寒冷中的命运

不仅缄默

而且隐忍

嘴中含着的黑暗

已无法在梧桐的裸枝上悬挂

但依然是噤声

集体地噤声

月色很浅

但依然可以燃烧

并已开始在四周蔓延

你们却依然缄默

依然隐忍

也许你们知道

对黑夜的坚守

也需要牺牲

拾　桂

今晚的新月,很弯
很细,落在了
新文化街的路面上
也是很浅
很浅的
一泓
我听见了很轻
很轻的
扫地声
我以为
有人正在弯腰
拾桂

试　水

一片树叶

飘落,像一只小小的童足

踏向湖面

我看见

水的双唇

微微地打开

整个身子,却是一阵

轻颤

三　味

从新文化街到三味书屋
不足一百米的距离
有时候,是一百米的阳光
而另一些时候
是一百米的风雨
一百米的月色
一百米的槐花
走多了,就开始有了味觉
开始知稻粱、肴馔、醯醢
知布衣暖、菜根香、读书滋味长
知岁之余、日之余、晴之余
知三味是人生百味之酵母
是你的三月初三
你的流觞
是我的九月初九
我重阳的菊盏

鹰

一只鹰
不可能像一只野雉
只有三尺的理想
它的故园在天空
天空之子
必须被天空放逐
永远的放逐是一只鹰
生命的常态

树　影

树之影
一位默默的仆人
总是侍立在树的身边
影之轻
载不起一滴露的滋润
落不住一声鸟的浅鸣
风起的时候
影与树一起飘摇
月冷的时候
影与树一道噤声
而当日照当头
树向天空伸展挺拔的身姿
影便了无痕迹
站在了观众的掌声与视线之外

第二辑 不说话的河流

不说话的河流

村里有个古老的传统
为了避祸,求福
孩子生下来就叫
狗剩、癞儿、笨妮
这些贱名,不是名字的名字
会伴随他们一生
直到死

不知你的"生辰八字"
地方志上没有记载
乡亲们叫你"哑河"
也是个贱名,不是名字的名字
一条像牲畜不会说话的河流
一条像哑巴不会说话的河流

上一辈的狗剩、癞儿、笨妮都走了
他们终究没有躲过祸
躲过人生的轮回

新一茬的狗剩、癞儿、笨妮也走了
都到沿海打工去了
说是不信自己的宿命
要找回自己真正的名

只有你坚持了下来
守着荒芜的田地
老人与孩子
惦着墒情、旱情、涝情
接生、婚嫁、殡葬
失学、疾病、诉讼
依旧是那条不说话的河流
倔强的河流
坚持着生
坚持着无名
日日夜夜穿过村庄
并最终成为了村庄身体里一根骨头的河流

兄　弟

父亲有一个哑巴兄弟
他们都是文盲
但他们彼此相知多年

一起担当风雨
支撑一个家
无论贫苦、穷困

顶着阳光,披着星月
载着无数日子
从一方田地到一方田地

一样的直率、耿介
落败的日子
躺下也是一条铮铮汉子

即使是丰收的年景
也是汗血交融

关闭沉默的嗓子

父亲的哑巴兄弟
是一根扁担
是父亲曾经栽种的一棵树

歌　谣

"月亮走,
我也走,
走到外婆的家门口……"
一首古老的歌谣
和这个村庄一样的老
和村前的那尊牌坊一样的老
而今,它也开始剥落
也开始被掖在了老旧的衣柜里
歌谣的门缝
再也无法打开
再也无法让你看一眼歌谣里那个最亲的人

手　表

那是一个夏天的黄昏，父亲
从集镇买回一头小猪
父亲说，这是他用了
七个日日夜夜
在采石厂扛石头挣的工钱
换来的

以后的日子，就像稻秧在田间生长
小猪在父亲一瓢一瓢的喂养中
长大，直到有一天
上大学的我，收到一只手表
一只父亲用长大的小猪
为我换来的手表

手表的名字叫宝石花
产自那个遥远的北方港口城市
但它与石头有关联
与浑身是宝的小猪有关联

每每当我走在去学校图书馆的路上
一抬手,我深深知道
它还与一个叫作花岗的村庄
村庄里的一位老人相关联

三十年对于一只手表算不算老
如今它静静地躺在抽屉里
像风烛残年的父亲
躺在床铺上
心跳的声音如此微弱
以至于我常常担心它停止了摇摆
即使我放心地走出家门
也常常是
弄错了时间

老　树

老树很老了

像一位老僧在村头打坐、参禅

乡亲们说

他是在普度众生

千载修行

百年超度

村庄依旧小如一块糍粑

贫穷依旧是推不动的石磨

去年中秋回家

村头水泥路旁

一排排整齐的新居

却让我找不到了归家的门

抬头望老树

姿影婆娑

仿佛煦风中笑容可掬的一尊弥勒

打着诳语

水 车

走近水车
就走进了一段往事
那时候,水车很年轻
它和它的乐队
四个长着大脚板的青年男女
年年将滋润的打击乐
撒遍整个田野
如今水车静坐在老家的西屋
任凭一抹淡淡的斜阳
镀亮曾经的欢乐
而我在长久的站立中
也站成了一轮水车
不停地想象着那四个年轻人而今的去处

拾　穗

秋收后的田野
拾穗者的身影
依然沉甸甸地
仿佛秋天仍旧未曾远去

遗落的稻穗
像丢失的孩子
在拾穗者的背篓上
找到家门

厚重的积霜
在暖暖的秋阳下
静静融化
一种幸福
温暖而疼痛

大雁嘶声而过
我看见拾掇过的土地

在黄昏中渐眠
像一位美丽的妇人
整洁,干净,温婉

挖藕人

有那么一群人
喜欢向冬天出发
在冬的深处
收获

全部物什
一顶斗笠
一蓬蓑衣
一副箩筐
一把铁锹

冰霜森寒
风如刃
听得见天地间磨牙的声音

那群人的身影已沉没在
地平线下
进入

是唯一的节奏
除此之外,似乎什么都没有发生

冬日无力
湖泥如丘

他们确信
这里曾十里蛙声,百里荷香
这里一定有藕白

船　家

那是江中的一片沙洲
清流婉转
野禽倦眠

那不是江中的一片沙洲
那是一只打渔船
一座水上屋

和种地人一样
"日出而作，日落而息"
春华秋实

与庄稼人很不一样
天为宇，水为壤
多少沧浪，漂泊

今夜月色如酒
客来三两鸥鹭

三两知已

最是浪漫情怀
今宵西岭
明朝东山百里之外

荆江大堤

你是乡亲们梦中的守护神
一夫当关
万夫莫开

那汹涌而来的长江之兽
洞庭之兽
已化为福音

迟暮下,沃野千里
万舍千村
牛羊夕归

不知梦中有多少次跪拜
今日溯江北上
再为你点燃一只心烛

守 库 人

苍茫原野上
一座库房
一个家

无篱笆,无栅栏
可放白云
可牧无边绿色

钢筋、水泥、模板
你拾掇有序
你说那是你的孩子

一缕香烟
就是一座炊烟
是你的晚宴

寂寞的夜晚
抱着檩木入睡
你说那是抱着一个亲人

在沙河交通桥工地遇老乡

一群羊
一群在草尖低飞的云
大清早
在自家门前迷了路

新开通的水渠
在羊儿们惊悚的眼中
像天河
也像巨鞭

昨日还在怀抱中的草场
隔在对岸
陌生而又遥远

你耐心地挥着羊鞭
像写着羊的语言
渐渐地,羊群停止了喧嚣
随你向右折去

你像一只头羊
只是个头更高一些

你回头的一笑
宽厚像张羊袄
在华北平原凛冽的风中
温暖地裹住了我的目光

听 黄 河

中秋之夜
不如听黄河
黄河是一位流行歌手
粗犷的喉咙
沙哑的嗓子
唱着大风歌
黄河是一位狂傲诗人
啸立原野
把酒问青天
黄河是一只千年古筝
高山流水
跌宕萦回
黄河是一群归山的野马
鬃毛低垂
酣息均匀熟沉
现在,不如说黄河是一位唱着谣曲的母亲
正拍着岸边摇篮似的工棚
把一个个失眠的黑壮汉子
拍进梦乡

幺 妹

水都丹江口
水至美
美不过幺妹
幺妹十八了
胸部鼓胀得像要开裂的棉桃
幺妹是武当山上采茶的影子
是汉江边丹江边
浣洗的影子
最近幺妹喜欢上了大坝工地
喜欢上了那些掘土的吊装的机器鸟
不如说喜欢上了那些挥汗如雨
憨厚老实的小伙子们
幺妹送来的甘蔗好甜
幺妹的笑好甜
绵密细长
爱吃辣椒的幺妹有时也很辣
会呛得你眼角流出快乐的泪
其实幺妹就是一支好听的民歌

夜深人静的时候
便会常常被工棚里梦中的小伙子们
含在口中
唱在唇边

车过司马台长城

山河犹在。燕山
不坍的庙堂
长城就在燕山之上
此刻,有人
要趁着暮色未合
星云未启
拾着内心的台阶
叩拜那庙堂之庙堂

秋色深沉。秋空
也是庙堂
秋风高蹈在秋空之上
此刻,是谁
要趁着寒露初团
菊花未残
悄然走过重阳

平野辽阔。虫鸣

是我的庙堂

虫鸣之下是那低低的村庄

此刻,正是我

要趁着瘦烟缭绕

牧羊未归

穿越那似曾相识的一扇窗

那扇窗里透出的一缕灯光的温暖

京郊遇大雾

一群白马,正从天地之际
萧萧而来

马衔环,衔铃
马的奔腾
寂静无声

是谁把马的鬃发
高高扬起
马背上是英俊的天空

你只有匍匐大地
用你的双耳
才能辨认马群消失的方向

揪住风的耳朵

你能揪住风的耳朵吗
你这样提问
无异向我表明
你同样不相信
风也会有喉咙
不相信,此刻风在深秋中
咳出的声音

我们已习惯于看见
并说出
尺码,形状,颜色
和命名
而对于触摸,感悟
要么冷漠
要么不知所措

我不是刻意,要揪住
风的耳朵

并且还说,我也能
握住时间的把柄
我只是想让所有的奔跑
有个停顿
在细微的麻木、疲惫、厌世上扎根针
因为我相信,我无论揪住什么
都会有一声
喊着爱和恨的
尘世的痛

蚯蚓的渺小与广大

对于土地，我惭愧无法如你
全心全意
你在土地中生
在土地中死
你全部的生活方式
就是在土地中不停地行走
而我呢只能靠双脚接触土地
常常是一只刚来
另一只便要离开
有时脚也被城市道路的水泥隔断
脚只能隔着墙对着土地喊
皮肤也渐渐地发白
不像你依旧保持着原色
其实我已不能分辨你与土地的颜色
你在土地中行走
我以为是土地在行走
土地在你的身体中行走
你已经与土地合二为一

成为土地的一部分
只有一次,不知这是不是你的背叛
我发现,在寒风的尽头
你把土地拱破了
头上顶着下一个雨季

流　水

看到你,让我想起了流水
想起流水前的那滴松露
流水后的那片静默
你是站着的流水
此刻,正朝着我缓缓而来
似乎要流经我
又要往那不知名的远方
流水淡雅,芬芳,稍带轻寒
让每次轻碰都会惊呼
咬破叹息
寂静广大,一枚松针踩空
一颗心响起雷声
我是否就是那片悬崖、那座断桥、那处尘埃
流水滑过,流水渐失
啊,一个俗身被冲洗过后
潮湿,但很干净

好 望 角

这里,一切都是颠倒的
北京的白天
这里叫黑夜
最亮的星叫金星
不是北斗
山不是尖的,也不起伏
不蜿蜒
山是方的,叫桌山
可以摆下世界的盛宴
一只鸟娇小胆怯
却偏叫"斯大林"
两条大洋碰头,却又各自后退一步
中间划出边疆
海水不犯海水
一条大河从南往北流
青尼罗、白尼罗会合后
莫名其妙地入了红海
那皮肤的黑就是从黑出发永远地前行

而牙齿却又是要从黑不停地倒退

直退到绝无仅有的白

好望角其实无角

只有层层叠叠的礁石

像俄罗斯的套娃

在海浪冲击中倒也不是

站也不是

冬夜漫步在长安街

冷月和寒风比试着锋利
刀光落下
无血
也无痕

你咬紧牙关
以舌当关
无兵器
也无戾气

一只乌鸦
突然从桐枝飞出
有如中箭

一只猫的脚步
很轻
像是被削了足

伤害不易看见
也无声
你只有独自行走
并咬紧牙关

郊区生活

在郊区,就是在城市边缘
在农村边缘
郊区,一枚麻扣
扣着城市的岸线和乡村的风景
生活自然,简单,直观
梁是梁,瓦是瓦
过日子,就是嗑瓜子
壳往外吐
仁往里咽
人们的性格谦和
就像那把锄头往里抠
比如,喜欢把大说成小
小村子,小桥,小户人家,小俩口
小炸糕,小葱拌豆腐
过日子叫过小日子
那种幸福叫小幸福

等待冬天的第一场雪

请不要敲窗,也不要
触碰我脆弱的呼吸
削了你的足来
反穿着黑夜来

无非是些野生的梨花
芦花,从天空
从天空的某处幽谷
某处静泊坠落
无非是在黑纸上
写下天马行空的白字
但我认你为天使
认你为铂金

世界多炎
少凉
甚嚣尘上
需要一双镇定的手
按住尘埃
按住山河滚烫的额头

奥卡万戈

奥卡万戈，我要说
上帝垂怜
芸芸众生
你之对于巴依人
就像黄河
之对于我的同胞
你是浓浓的血
在这块黑土地上
滋养每一个脆弱的生命
我看见了无数的鸟类、虎鱼、鳄、河马、蟾蜍
看见了小苇羚、红水羚、杂色狼
看风了芦苇、无名灌木丛
我甚至看见了"梅科罗"
巴依人的独木舟
如何避开一只河马的攻击
在三角洲自由地漂流
我喜欢你的晨雾、夕露
日升、日落

喜欢你的雨季、旱季
喜欢你的泛滥
喜欢你被两侧山岭挟持
奔走在枯涸的河道的样子
我更要赞美你
奥卡万戈
当你抵达卡拉哈里沙漠
你便潜入、消失
我知道作为血液
你已流入了巴依人的身体
流入了一个民族的魂魄

维多利亚湖

这是我所见过的最大、最美的珍珠
赤道之下
东非大裂谷之旁
那些水面
是少女的心
棕榈的摇曳
是人世间最温和的风雨
芭蕉叶的呼吸
是宇宙间最纯净的空气
远离市声
远离推土机、钢筋、水泥
远离霓虹灯和尾气
这里的班图人、尼罗人、闪米特人、苏丹人
仍然像美丽的传说
芭蕉就是他们的生命
你一定没有嗅到过芭蕉叶里
咖啡的芬芳
烟草的味道

没有看见过芭蕉叶下
女人下地劳动的身影
酷似我江南的故乡
维多利亚
就是我的洞庭
呵,车过维多利亚
一颗心快乐地痛着
学会了祈祷
学会了感恩

伊 豆

伊豆在很深的秋色里
你会拔不出脚步
你会偏软
偏温柔
这时候不如把心做成一只蝴蝶
去亲近伊豆
去亲近那一片片枫叶
那一颗颗小野菊
那一缕缕溪水
溪水边那一座座小木屋
会有意想不到的雨落下来
刚好打湿你的心思
你的舞女
只会在夜色中飘来
她会裹在微凉的月色中
你会听到木屐声
听到和服拖地声
直到一休寺的晚钟

像一枚细针

将你的梦捅破

让梦像月色流泻一地

马丘比丘

晴好里,安第斯群峰奔腾不息
快过浮云
快过乌鲁班巴河的流水
群峰脊背上驮着的就是马丘比丘
印加人王冠上的明珠
人类曾经失落的文明
当你触摸那些残垣上的石头
你会感觉到它们的波动
听到它们发出的声音
其实它们就是印加人的语言
一本古老文明的历史书
你会读到关于发现玉米、白土豆的故事
关于日晷、声律、几何
关于苦难、和平
甚至战争
而今这些石头随意地散落在山巅平原上
与其他的石头没有什么不同
丛草在疯狂地生长

而文明却在暗地里湮没
一群又一群的美洲驼
牵着印加人的后裔
正翻过一道又一道山谷
他们仍旧在与安第斯一起竞走
大风吹来，天空无限广阔与生动

泰 姬 陵

一个凄婉的故事其实不堪回首
大理石的白
像永远抹不黑的忧伤
宝石的夺目与坚硬
更似强忍的思念
那些清清的水流
是一些欲说还休的词语
从雕花的围栏上
你更可看出世事的不确定
和岁月的沧桑
其实松柏也好
果树也好
生与死已不再重要
月光下,那个故事在飘
在天地间浮动
你甚至能听见裙裾拖地的声音
以及一滴清泪
溅飞月尘的轻颤

而亚穆纳河早已悲滞

他右手的蜿蜒

多么像一个轻轻的,轻轻的怀抱

香榭里大街

今夜巴黎风雪飘扬,雪如蚕丝

香榭里像蛹

蛹的蠕动

寂静无声

酒吧里的烛光

巴黎女人的唇

以及丝袜脚上高翘的红靴跟

像野火

像无家的流萤

香榭里一定感觉到了一只蛹的温暖

一件羽绒服的温暖

而我呢,无端地闯进巴黎的风雪中

像一只野兔

有点慌不择路

达 沃 斯

世界上最小的村庄

靠着阿尔卑斯

像一个小女子

依偎在一个大男人的怀抱

这里本来就是一个童话

打开童话,会有麋鹿、蘑菇、花园、小矮人

王子与灰姑娘

远离宫殿、城堡

远离阴谋、猜疑

与倾轧

她小,但她的宁静无比的广阔

请不要打扰她

请不要

给暗藏炮火的政治、发着铜臭的金融

以及气候、能源、核武器等伪命题

另寻座道场吧

让她的雪白,纯洁地飞扬

让她的鲜花,自由地绽放

佛罗伦萨

凉,是冷翡翠的凉
细雨霏霏

沿着古典的石板路走
我知道
你有一个心灵的约会
为什么不撑一把雨伞
是不是觉得这些雨水也很古典
也很大理石的白
就像你心灵中的那个约会
有些旧
但依然冲动
依然有止不住的振翅声
柏拉图、苏格拉底、米开朗基罗们的雕塑
奥赛、大卫博物馆
……
已经走过百花大教堂了
现在,你终于看见了一个深锁的大门

你伸起了手
仿佛要越过百年
越过《地狱》《人间》与《天堂》
直接叩拜那个智者
那个吹响《神曲》的老人
瞧,一个中国人的芦苇
眼中似乎有带露的芦花溅飞

细雨霏霏
凉,是冷翡翠的凉

迪 拜

我想,沙粒一定是水的结晶
一定怀有一颗
绿色的透亮的心
现在,那么多的沙粒举起了双手
把迪拜托在了掌心
就像中国的父亲
把女儿捧在掌心
女儿如玉啊
迪拜如玉,因为沙土的血缘
迪拜的沁色
也是金黄的
世界上不会有一块玉
还拥有那么多阳光的抚摸
阳光在空中闪烁的样子
就好像有无数金色的树之叶子
在荫庇着迪拜
谁说玉没有心啊
迪拜的心

此刻如我心

正被波斯湾海面上吹来的风

不停地打磨

变得越来越湿润

越来越晶亮

新 加 坡

我宁愿说你就是一座花园
一个芬芳的四季
你的花瓣
如少女的唇
你的心
是少女的心
一个如少女唇少女心的你
会有一个
怎样的花的情怀啊
现在,我就在你的花雨中
被你一点点地打湿
那一份感动
就像马六甲的海水
一浪高过一浪

金融街加班之贵族

贵族,不过是个诳语
对于时间
你总是捉襟见肘
酷似一个佃农

所以,你向黑夜打了欠条
将白昼拉长
就似把灯捻拉长
把橡皮筋拉长

生活也被拉长了
只是一节长
一节短
失去了平衡

或者说,负债越积越多
资产起了泡沫
收益项下

你开始入不敷出

或者说,水流在变细
血脉在收窄
时间在绷紧
幸福,在慢慢地摊薄

典 当 行

回到古典时光,是完全可能的
进门,就喊"朝奉"
排队,就当拾八级台阶
数"一、二、三、四、五"
就说"幺、按、搜、臊、歪"
当有人招呼"天字第一号"
那表明第一个当客到了
当听到"耀光"或"彩牌子"
那是在指你手中的金钻
或古画。而当你听到
"不会"或"缺丑"
你要小心了,那是要宰你没商量
招牌、广告画、说明书
都是亮晃晃的
无非是"金典""银典""华典""惠典"
或"车融""房融""股融"
用典当的"切口"说
这些都叫"幌子"

当一位美丽的女士向你"兜售"时
你完全可以说,那是在光天化日之下
打着贵金属的"幌子"
招徕众生

挂　失

有时候,我们总会遗失什么
比如,存折、信用卡
但这并不意味着
我们真的会有所遗失
我们只需打开手中的"移动银行"
向一个虚拟的世界"挂失"
很快或不久
我们就会失而复得

有时候,我们其实什么都不缺失
比如,工作、生活
房子、车子、票子
应有俱有
但我们总会充满狐疑
面对无与伦比的完整
我们常常是心怀感激
而又怅然若失

大多数时候,我们却是处在失与得之间
患得患失。就如此刻的我
深夜十二点,金融街。既不想返回办公室
也不急着回家
小寒刚过,冷风紧紧地掐住我的脖子
已过不惑之年的我
依然诚惶诚恐,踟蹰不前
就像一件被遗失的物件
无人认领
也无人挂失

三分之二

生活中,我们会刻意回避一些数字
比如,4和13
我们认为它们与不幸有关联
我们总想绕过岁月的坡坡坎坎
而对于另外一些数字
比如,3,6,8
我们却充满期待
它们代表晋升、吉祥和财富
为此我们烧香、拜佛
蝇营狗苟
有一些数字是可望而不可即的
比如,1和9
它们代表两极
一尘不染,一诺千金,一本万利
或九五之尊,九转金丹,九年之蓄
对于我,由于一个不得而知的理由
我始终偏爱的却是一个分数
——三分之二

可以描述为：将一个单位切成三份

取其二，去其一

换句话说，选择多数

摈弃少数

就像怀揣一枚金币

多数情况下，我可以心安理得

随波逐流，附和众声

有时候，也可以骑在墙头上

观两边情势，再下赌注

就像现在，由于我的加入

三分之二得以形成

让一个冗长乏味、久拖不决的会议

无疾而终

信 用 卡

地球很大,但没有个性
它自转,公转
按部就班
一张信用卡,很小
却很张扬
它满地球转
可以搬进去生活

我把一切都搬进去了
我搬进所有积蓄
搬进信誉
也搬进梦想
我在一张卡里买房子、车子
供孩子上学,赡养老人
逛街,下馆子
健身,旅游
血拼商场。我在一张卡里
拼命营造一个方寸大小的生活

如果你从外往里看
你会发现,其实
我就是一个自我培养的卡囚徒
像极了一只蜗牛
或一只蚂蚁
背上载着某种负担
在生活的两端来回奔波
储蓄在慢慢地用光
信誉在慢慢地消失殆尽
梦想也一个个被捅破
不知不觉中
我开始慢慢地透支明天

虚拟银行

无非是,一张显示屏

代替了银行大厅

红线换成了键盘

鼠标充当了大堂经理

无非是,你再也无须被传唤

报姓名,对身份

看那张居高临下的脸

在这里,你可以自我实现

做一回自己的银行职员

让自己白领一次

也可以把自己打成一张对账单

比对一下收支

轧差一下生活

你甚至可以做一次自动取款机

体验一下卡被吞掉的尴尬

你还可以把自己存进

取出,汇走

借贷自己,抵押自己

让自己在高的基金位
高的股价位玩几次蹦极
当然,之前如果需要
你还可以买张保险单
……一切都是数字的
都是虚拟的
在虚拟中,我们离传统、现实
越来越远
世界在虚拟中加深着虚拟
我们却要在虚拟中
讨要真实的生活

一份借贷合同

是的,如果我签下字,盖上戳
我就把自己的明天抵押了
我可以学美国老太太
先住进新的房子
在未到天堂之前
用明天偿还这一世的债

看似公平,先得到,后偿付
乐观地说,从明天起
我是居者有其屋了
但从此我要勒紧裤腰带
少抽烟,少喝酒
少吃牛羊肉
要减买新装
减驾车远游
从明天起
如果我失业,身体有恙
我就会被清算

被变卖,被破产

也许,有时候,面对命运
我们确实有说不出的理由
没有讨价还价的筹码
就像一只羊
被赶进了牧场
羊鞭掌在牧羊人手中
所以,当不确定性来临
我们总会选择逆来顺受
俯首听命
对于哪怕微弱的恩赐
我们都会喊出"谢"字
充当乙方
并签下所有命运中的合约

黄 金

二零零八年,黄金
卷土重来
一次重新加冕
依然龙举云兴
仪威天下
革命者,比如股票,基金
汇率,楼市
全部偃旗息鼓
秩序得以恢复
多么美妙！靠着一场复辟
我们躲过风暴之眼
在一个旧体制里
苟延残喘
黄金没有恋战
再次自削为民
混迹于网店、橱窗和市井
我们只是偶然怀念旧的时光
新事物依然层出不穷
无忧无虑里
我们继续过起了新时代的生活

名片与明信片

一个是人的标签
一个是山水的标签
一张明信片
让你想起一方山水
一张名片
却让你想起一个人
山水没有穷尽
你却有穷尽的山水
人也是,众生芸芸
我们只识有缘人
名片中的一些人,或许
生死不明,贫富难料
明信片里的那些风物
或许也是前途未卜
命运难测
我把这些名片堆积起来
等于是在把生人与死人
好人与坏人、穷人与富人堆在一起

我把这些明信片积攒起来

等于是在把存在与虚无

建造与破坏

快乐与遗憾积攒在一起

我把这些名片和明信片混放在一起

等于是说

我把人放在了山水间

是在搭一份工作

和一个爱好的积木

是在描一幅经典的人物山水画

在入世的站台

向出世的庙廊

搭手瞭望

钱 之 书

我在一篇旧赋里寻找
一篇新赋。想捉住
无翼而飞的翼
无足而行的足
无耳却可暗使的耳
还有,贵可使贱的贱
生可使杀的杀
我很想双手抱拳
尊重地喊一声"孔方兄"
让他执我之手
抱我始终
但旧赋缄默如贝
固执如石。一篇新赋
始终被压在了下面
孔方兄却在不断地变换身份
改头换面
从石族、贝族到铁族
再从银族、金族

到电子族

依旧是行走江湖

秉性难改,亦正亦邪

既嫌贫爱富,也积善好施

既杀人不见血,也救人于水火

时而如亲如面

时而神龙见首不见尾

真可谓成也孔方兄

败也孔方兄

一篇旧赋像一道灵符

一篇新赋早已胎死腹中

我只有任之,惜之,叹之,书之

从低处往高处流

根须的河流,或辽阔,或沧浪
或促狭。水无耳,也无目
隐藏在所有感官的背面
它打破陈规,漠视
所有的经验
从低处往高处流
抵达树茎,花枝
草脉,甚至抵达天空
当你看见杨柳的摇曳
芦荻的摆荡,雨雾的翻腾
那是根须的河流在流淌
流淌会不断地加深。当你走进根须
你会发现,上帝也在尘埃里
你的成败,骄傲与自卑
光荣和梦想,都与根须的河流
共源头。而当你登高眺望
你会看见红叶,花冠
果实……那便是根须河流的入海口

你还会发现,你其实也是一片苍茫的入海口
你说过的每一句话,爱过的
每一个人,写过的每一首诗
每一滴泪水,也是

城市地下通道

其实就是一截虚空
让你可以暂避风雨
暂避骄阳。有那么一刻
你的影子缩回到身体
你可以听到你自己的回声
你甚至可以从地平线上,暂时消失一会
不用担心成为箭靶
或成为这个世界的盲眼
无视世态炎凉
人间百态。南北通透
八面来风,偶尔会有流浪者的音乐
咬你的脚后跟
但那无异于隔靴搔痒。一小截虚空
也许,就是唯一的路径
供你穿越,或错过

砗　磲

比雪白,比石头硬,隐含亿万年涛声
此刻,蜷缩在工艺场房的院落
肉身了无,但豁口朝天
仿佛一个巨冤没有喊出
一只大黄狗,垂涎于海岛午后斜阳的温暖
对一个陌生人的到来
视而不见。阳光下的屠宰!你看见
一个个深海残躯,在工艺师手中
如砌如磋,如琢如磨
刻刀的每一次转身,都成为"美丽的裂变":
白云出岫,仙人指路
秋风横笛,南山野马……
"沧海月明珠有泪"
但我看不见泪水,只看见一颗沉寂的心
比雪白,比石头硬,正在天空中粉碎

陌　生

我,你,他
我们是独立三国
在我和他之间
隔着你
其实,我们都互为边界
互为风景
每天,每时,每刻
你和他
都从我身边走过
确切地说
我们互相走过
我、你、他,白皮肤、黑皮肤、黄皮肤
老人、中年人、幼童
男人、女人
汉语、英语、阿拉伯语
我们在一个地球
以一个太阳为生计
但我们素昧平生

互不知姓名
我们只是每天每时每刻
互相走过
走过对方的边界与风景
我们是对方
是彼此
是不陌生的陌生人

南 方 书

我在北方,打开南方
就是要打开洞庭
打开洞庭湖底岳阳楼的倒影
打开"先天下之忧而忧"
打开南方,就是要打开君山上的斑竹
打开斑竹上的湘妃泪
打开一个帝王治国治水安民的忧思
我还要打开一个千年古棺
打开一双千年美女的眼睛
美女颈旁那一束轻得无法捧起的丝巾
我要打开衡山
打开山顶上被折回的雁鸣
雁鸣声里被放逐者、流浪者、失意者的一步
 一回头
打开南方,还必须打开韶峰上的杜鹃
要在冬天的深寒中打开
要在日月同辉时打开
我当然不会忘记打开爱晚亭

打开"霜叶红于二月花"
我在北方,打开南方
我还有什么没有打开呢
也许我忘了打开"酒鬼"酒
不,我最后要打开的是尼古丁
——一只蓝精灵的"芙蓉"
我要让她在我的双指间慢慢地燃烧
在我的唇齿边缓缓地侵入
因为我知道,无论是古典的,还是现代的
每支乡愁都有毒

白洋淀之秋

此刻,我要写一首诗,就以白洋淀命名
但我不会写白洋淀在辽阔秋色里的陷落
我不会写白洋淀在一声雁鸣里
在一条鲤鱼的翻跳里
在一片菱叶的微泛里
在一缕荷香的沉淀里的陷落
当然,我也不会写白洋淀在一轮斜阳里
在一株芦苇里
在一条壕沟里
在远逝的雁翎枪声里
在一个帝王陷落在白洋淀里的陷落
我更不会写白洋淀在一个村庄里
在村庄的一缕炊烟里
在汉人、满人、达斡尔人黄昏酒杯里的陷落
此刻,我想要写的
是一支笔在白洋淀里拔不出的身躯
是一束目光在白洋淀里移不动的脚步

深夜闻犬吠

白昼被黑夜反锁着
梦是
我也是

突然,一声犬吠
尖锐,悠长
仿佛撞在了铁幕上

仿佛,一只手
穿透铁幕
伸出了窗外

仿佛,咣啷一声
一把钥匙
丢在了我的面前

蝴 蝶 兰

在这个多雾多霾的季节,你是我
唯一晴朗的天空

你的光是紫色的,有些微的玫瑰红
就像凉意中藏着温馨,恬静中隐着盎然

不像日月,升起又落下
或被风雨阻隔,或被云雾掩埋

在你的日历里
一束光总是恒定地悬于天空

生活中经历了那么多
那些人与事早已远去,我已不再坚持

而你对我的照耀,慷慨,大度
不计代价

放下人类骄傲的身躯,与你平视
我发现,你远在尘嚣之上

龟,一种缓慢的美

一种慢,无与伦比,总是
落在了时间的后面
一百年已经过去
很多年已经过去了
人世间早已是物是人非
但你依旧在缓慢中神态怡然

似乎,还要继续慢下去
比过去慢
比现在慢
甚至比将来还要慢

仿佛,我也被慢拖住
思想的时针开始逆转
我发现,我正在慢慢地倒退回娘胎
掌中的琥珀,原是泪水

头顶的佛光,其实是不折不扣的苦难
……

与人类自以为是的节奏相比
这种慢,坚定,优美
在慢中,一切
都在回到原点
事物的真相也渐渐地浮出水面

月亮的指痕

天空中流动的密码
大地上行走的密码
无解的密码

我是说,月亮
其实无指
或者说,我其实不能看见
或描述
它是否也是
白如削葱,软如柔荑
纤如青笋

划过的痕迹
其实无痕
如缥缈的缈,虚无的无
夜空的空

啊,美轮美奂
一生的追求
面对真实的你
我遗失了所有的解码

坚 果

一枚坚果
大地才是它的天空
它的梦想就是像一声轻雷
砸向大地
砸向大地的子宫
在那里
它将再次孕育
获得新生

跋一

锤炼词语的钻石之光
——胡浩新诗集读后

邱华栋

湖南人胡浩喜欢文学有三十多年了。1980年代，他还在湖南读大学的财经金融专业的时候，心里其实最喜欢的，恰恰是文学。一度他还想从事文学专业。他现在还记得，当时，湖南的几位著名诗人对他的影响，比如弘征、彭燕郊和未央。正是未央劝他放弃了以文学为业。这一重要规劝，诞生了一个后来的金融专家，也让胡浩将对文学的爱好埋在心里很多年，直到十年前，才开始再次喷涌。

我当时在一家文学杂志当主编，收到了报社的朋友推荐来的他的诗歌。我一读，大为惊诧，因为他的诗十分老到精当，不像是一个金融从业人员写的。后来，我才知道，胡浩是一个资深的文学青年，文学梦在他的心里一直在滋长，成为了他工作之余的最大雅好。就是在那一阶段，他的诗歌一发而不可收，接连在很多文学大刊，如《诗刊》《人民文学》《十月》《青年文学》《诗歌月刊》等上推出。他很快成为人们关注的诗人,包括一些文坛前辈。

接着,胡浩的第一本诗集《十二橡树》出版了。这本诗集以北师大一家咖啡馆的名字"十二橡树"来命名。在这本诗集里,胡浩呈现出他唯美、深情、清澈和浪漫的风格,还带有新古典蕴味的严整和庄重。这本诗集是他对自己多年来喜欢文学的一次阶段性总结,也得到了很多文学界的师友如舒婷、叶延滨老师的赞扬。于是,诗人胡浩就这么炼成了。

时隔几年,现在,他又拿出来这本《温暖的事物》,让我感觉到了他在诗歌艺术上的很大进步和风格的最终形成。

第一点,我最突出的感受就是,胡浩作为优秀诗人,对诗歌的语言是异常敏锐的。他对诗歌语言凝练性的追求,是一以贯之的。比如,这一首《雨季》:

雨,回不了头/杜鹃的鸣叫/急迫/而渊深/在杜鹃的鸣叫里/雨回不了头/清愁回不了头//泪,回不了头/诗的哀嚎/凄迷/而苍茫/一首诗在白纸上挣扎/泪回不了头/那个人回不了头

从这一段,我们可以看到,胡浩在诗歌语言的锤炼上,所下的功夫。他在追求语言的精微、精妙和速度感。从雨滴和雨水的回不了头,到清愁和带有清愁的人的回不了头,层层递进,让人有非常迅速的带入

感。这是这首诗最大的特色。于是:

> 雨是爱人的泪水/泪是天空的雨/雨在泪中/泪在雨中/它们是孪生/在这个季节/雨泪是一把锁/锁住天地/也将雨和泪/牢牢地铐紧

这结尾的一段,将泪水和雨水巧妙地混合在一起,让我们看到了一个人的泪水和雨水融为一体。天地之间有人,天地之间有雨,天地之间有痛,天地之间有最深重的情感。泪雨连天,如同一把锁,将人、天地、泪水、心情和雨幕锁在了一起。这是何等的壮美、凄美、大美和无言的、绝对的美!这一场景将雨季和人的状态完美结合,成就了一首让人过目难忘的诗篇。

第二点,胡浩的这本诗集,确立了他的诗歌的个性化、风格化,就是简洁、简练。他简洁到了一字不多,一字不少,每首诗都是如此。他就像是一个语言的炼金术师,不断地锤炼,不断地减少,做词语的减法,从而将诗歌的艺术风格固定在一种非常明快、坚实、具体而直接的风格里。比如,下面这一首《家乡的湖》:

> 栏杆的那边/是水/水的边界/叫无涯
> 水,在风中/抬头/反复/在反复中/更新自己

一场雨/突如其来/加重了/水的反复
而我/在水的眼中/此生/一截相伴/永远的岸

在这首诗歌中,胡浩将他对语言的锤炼和减法做到位了。家乡的湖,在他的眼里演变成了无涯而又有边界的东西。而一场突如其来的雨水,加重了湖水的层次,让复数继续变成复数,让水变得更多,让水在岸边滋长,让"我"——这个游子,找到了水边的岸。

这是一首带有禅意的诗,融汇了人生非常多的感受。"上善若水",水是最难写的,但在诗人胡浩的笔下,水成为了和诗人对应的最佳的"物",它荡漾,它上涨,它消退,它满溢,它静止,它象征人生的满和缺,多和少。我想,胡浩在对词语的精心锤炼和对禅意的精确把握中,最终成为了独特的当代诗人。

第三点,胡浩在这本诗集里,体现了鲜明的文化意识和对诗歌意境的追求。文化意识使得诗人找到了语言背后的母体;而意境,则是他从传统中找到的最佳的表现方法。比如,这一首《观云》,就体现了胡浩对意境的把握、塑造和寻求,也是他这本诗集的成功之处:

一片云,一片泼墨/只是淡了些/像江南的写意/雨洗新荷/或霜欺寒梅/风吹来/将云片移走/就像是从天空/移走了/一幅中国画多么美！中国画写意的妙曼、氤氲、生动、蔓延、游动、荡漾和作者观看云彩变化的那种微妙感，非常贴切地融在一起，具体可感。

我想，胡浩一定是对中国传统诗歌的意境和美感，有着自己独特的体会，否则无法写出这样一首精妙的诗篇。

第四点，胡浩的新诗，是有情怀的诗歌。一个诗人的重要性，最终取决于他的格局、情怀和精神境界。一个诗人没有情怀，注定是一个匠人。胡浩不一样，胡浩是有情怀、有格局、有担当、有远望的诗人。这一点，在这本新诗集里，有非常突出的表现。比如，这一首《坚果》：

一枚坚果/大地才是它的天空/它的梦想就是像一声轻雷/砸向大地/砸向大地的子宫/在那里/它将再次孕育/获得新生

好了，通过拟人化的对坚果的描述，我们可以把自己当作一枚坚果，去砸向大地，获得解放，也获得新生。用不着我再过多地解读，人生的达观，生命的创造和承担意识，我想，这首诗已经呈现得很明白了。

再看另一首《鹰》：

一只鹰/不可能像一只野雉/只有三尺的理想/它的故园在天空/天空之子/必须被天空放逐/永远的放逐是一只鹰/生命的常态

燕雀安知鸿鹄之志哉！一只鹰，自然有鹰的追求、鹰的命运、鹰的视野和鹰的翅膀。作为天空之子，鹰，必将被天空所留影，也必将被天空所期待，同时，也会被天空所追忆。这是鹰的常态，是飞翔的大鸟的自白。这就是诗人胡浩的情怀——做一只鹰，宁愿只有一刻的飞翔，也不追求半生的安闲。

所以，我才说，这本诗集，是胡浩写作诗歌数十年里的最新精品的结集，是他风格形成的最佳呈现，是他作为当代优秀诗人的正果，也是他带给我们的最佳馈赠。

跋二

心中有境界，笔下有诗情

李少君

"境界"是中国古典诗歌艺术中的一个关键词，王国维以"境界"评定诗人之高下与诗歌之高低，说："有境界则自成高格。"那么，什么是境界？

境，最初指音乐停止之处，延伸扩指空间的界域，比如边境，不带感情色彩。后转而兼指人的心理状况，含义大为丰富。这一转变一般认为来自佛教影响。唐僧园晖所撰《俱舍论颂稀疏》称："心之所游履攀援者，故称为境。"

六朝及唐宋后，"境"不再是纯粹客观的展现，而带有主观感受性在内。《世说新语》记载："顾长康（顾恺之）啖甘蔗，先食尾，问所以，云：'渐至佳境'。"这里的"境"，指的是主体感受的合意度。唐时，"境"的内涵意思基本稳定，既指外，又指内；既指客观景象，又指渗透于客观景象中的精神，含有人的心理投射观照因素。

我们现在使用"境界"这个词，主要指人之修为水平,形容一个人的心灵品位。境界的差等,反映人的精神层次。有两句诗可以用来理解"境界"的概念:一是王之涣的"欲穷千里目,更上一层楼",只有不断提升境界,才可能达到更高的认识水平;还有一句是杜甫的"会当凌绝顶,一览众山小",只有达到相当的境界,才可能看清楚世界真实的情况。显然,境界就是一个人的认识层次和精神水平。

在一个全球化时代,一个诗人要达到高境界,就不仅要有深厚的修养,社会实践的深入,还要有开放乃至开阔的视野。胡浩是一个在中国经济金融前沿摸爬滚打多年的行家,身居一家大银行的管理层高位,仍潜于内心的感悟和精神的超越,对诗歌情有独钟。而他的诗歌创作,有着全局视角和观念,又有细腻微妙的情思,在工作忙碌之余,诗情一直涌现。也许,一个忙于事务的人,有时需要通过诗歌来呈现出一种相对抽象的对世界的理解和思考,这一点与古代的士大夫何其相似。他们一方面从事具体琐碎的社会管理工作,另一方面,却写着山水诗,画着水墨画,在虚与实,在理想与现实之间寻找着某种平衡,这里面其实有着微妙的关联,又有着疏离,这是人生的平衡术,是心灵的巧妙化解与融合。

胡浩的诗,有着山水水墨的美感,讲究意象的铺张衍生,像水墨晕染在宣纸上,重神似而非形似。他有时会由一个意念开始,再不断推广渲染开去,形成一幅画面。他的《观云》一诗最典型："一片云／一片泼墨／只是淡了些／像江南的写意……风吹来／将云片移走／就像是从天空／移走了／一幅中国画"，本身就是一幅淡墨写意画；还比如他写《湿地》："星光微茫／晨曦如膏／一只苇莺／唱着静美的小晨曲／恰恰发育／而又未成熟的少女／雾一样地打开"，一只苇莺打开了湿地之美，似幻似梦，迷离恍惚，把一种朦胧的美感传达得细腻微妙；还有《太平村印象》，开始很写实，白描的手法："燕山脚下／潮白河边／太平村，一枚纽扣／缀在华北平原的衣襟／晚风吹来／纽扣松了／胸膛打开了／炊烟开始升起来"，但结尾处，突然又虚幻唯美起来："只有星空是处子／安然／宁静／宁静得只要村庄微微地一动／她美丽的长睫毛／便会轻轻地一闪"，充满奇异的想象力，也一下子把整首诗提升到一种高妙深远的境地。

胡浩有着内心深处的一些伤感，但也对人生充满温情。我最欣赏的他的两首诗，恰恰代表这两个极致。一首是《雨季》，将一种伤感宣泄得淋漓尽致。诗中写道："雨，回不了头／杜鹃的鸣叫／急迫／而渊深／在杜鹃的鸣叫里／雨回不了头／清愁回不了头／／泪，回不了头／诗的哀嚎／凄迷／而苍茫／一首诗在白纸上挣扎／泪回不了头／那个人回不了头／／雨是爱人的泪水／泪是天空的雨／雨在泪中／泪在雨中／它们是孪生／在这个季节／雨泪是一把锁／锁住天地／也将雨和泪／牢牢地铐紧。"杜鹃啼泪是一个古老的哀伤的意象，自古以来就与深沉的情感有关，而胡浩这首诗，又很有创造感，他将雨和泪作为大背景，将一个无法回头的人的内心伤楚写得如泣如诉，尤其是写雨泪锁住天地，而雨泪又被神秘的命运铐紧，而杜鹃在其中哀鸣，现代感非常强，让人印象深刻。

但我注意到，胡浩很多诗歌充满温情，有不少诗歌写到温暖。最有代表性的是《靠近一棵柿子树》，他写的是秋天衰败的景象中，"庭院已被一棵柿子树照亮／一些零落的物什／一个老旧茶几／以及一卷残笺／被简单地照明／风依旧不停地从庭院吹过／柿树摇曳／庭院婆娑／此刻，温暖是可看见的事物"，语言简洁洗练，但内里充满温馨。此外，如《水泵房》："夜举着一盏灯／在村庄最深最静处／明灭／／河流痉挛／而田地、庄稼／以及乡亲们的梦境／被温暖着"，还有《在沙河交通桥工地遇老乡》："你回头的一笑／宽厚像张羊袄／在华北平原凛冽的风中／温暖地裹住了我的目光。"诗人对于这种人世的温暖非常敏感，也很在意，由衷地予以歌咏。

诗是心境的象征，也是人格的投射，诗歌里呈现的境界其实就是人本身的境界。但人其实是矛盾体，在超越与世俗之间，在入世与出世之间，在兼济天下与独善其身之间，难免有游移。胡浩有好几首写与他工作有关的诗歌，比如《虚拟银行》《黄金》《典当行》

《信用卡》《挂失》等等,看得出他有一种看透事物本质的能力,所以能够超脱豁达。还有一些写国外游历的诗歌,也可以看出他视野之开阔和志趣之高远。

诗歌之奇妙,就在于这种貌似矛盾却又和谐的结合,一种人生与世界达成的神秘和解盟约。人生总是有各种坎坷与困境,但最终,我们还是要克服种种内心疑虑,努力行走在人世的路途中,与亲友相濡以沫,相携相行。而能够坚持下去的人,需要境界,也需要不断地自我修炼,自我超越,以平复浮躁,治愈焦虑症,追求更高远的目标和世界。诗歌,总是能够提供这样的支持和源源不断的力量。

跋三

诗歌里的胡浩

王　刚

1

> 月亮很早
> 落日很迟
> 坐在黄昏中
> 渐渐地消瘦

我多么希望这是我写的诗,就如同我也希望自己能和胡浩一样地去消瘦,可是,我没有,既没有写出这样的好诗,也没有消瘦。而是在渐渐老去的身形里,品味着胡浩诗歌里的"消瘦"。

2

> 河水安静
> 我感觉不到河流的行走

我似乎忘了

　　河流是不用双脚行走的

　过去一直没有想过,"河流是不用双脚行走的",然而,自己可曾有过双脚? 如果真的有双脚,那——可曾真的在行走?

　曾经跟随胡浩顺着北方的河流一直走到了南方的河边,没有用自己的双脚,而是坐在汽车上,人坐在汽车上,常常会忘记自己长着双脚。那时朝外看出去,没有双脚的河流从北向南,长着双脚的河流从南向北。

3

　　在人为设计的黑暗里

　　不停地

　　拨打一个手机

　　总是无人接听

　　总是"嘟,嘟,嘟"

　　漠不关心的回应

　　我屏住呼吸

　　多么想听到那熟悉

　　亲切的"哥哥"的叫声

我们都有手机,但我们真的不知道自己是不是还有亲兄弟。有的哥哥死去了,留下手机;有的弟弟死去了,留下哥哥。

"总是'嘟,嘟,嘟'/漠不关心的回应"——只有手机还活着。

敏感而又伤心的胡浩暗示了我总是"在人为设计的黑暗里/不停地/拨打一个手机"。

我们真的离不开手机了,可是我们失去了兄弟。

4

诗歌里的胡浩有时会讲故事。他说父亲用自己七天的劳作换来一只小猪,然后,他们又把小猪养大换来一只表,然后那个父亲的孩子戴着表天天去学校里的图书馆,然后,那个孩子大了那个父亲老了,我流泪了——

> 三十年对于一只手表算不算老
> 如今它静静地躺在抽屉里
> 像风烛残年的父亲
> 躺在床铺上
> 心跳的声音如此微弱
> 以至于我常常担心它停止了摇摆
> 即使我放心地走出家门

也常常是

弄错了时间

5

那天晚上寒冷,天空飘着小雪,我与胡浩一起从西长安街前走过。我留下了记忆,胡浩留下了诗歌。天很冷,我们的内心很热,从那天起,我又看过许多胡浩的诗歌:

雨是爱人的泪水

泪是天空的雨

能写诗的人真幸运,能在纷乱中坐下来写的人更加幸运:

穿越那似曾相识的一扇窗

那扇窗里透出的一缕灯光的温暖

尽管,我最希望《冬夜漫步在长安街》这首诗是我写的,可是它只能属于胡浩。他体会了,构思了,用心了,就拥有了:

冷月和寒风比试着锋利

刀光落下
无血
也无痕

你咬紧牙关
以舌当关
无兵器
也无戾气

一只乌鸦
突然从桐枝飞出
有如中箭

一只猫的脚步
很轻
像是被削了足

伤害不易看见
也无声
你只有独自行走
并咬紧牙关

跋四

金融与诗歌

张　者

落地大窗,正是黄昏,胡浩凝视窗外,这位银行高管,不想再面对办公桌上的各种报告。已经到了下班时间,但他不想下班,此刻,"月亮很早/落日很迟/坐在黄昏中/渐渐地消瘦/把手伸开/再缓缓握成拳/关闭所有感官的窗户/任风高高地升起/星空淡淡地走远……让期待的风雨不来"。胡浩要干什么呢?他要把手伸开,放弃尘世的金融事务,他要挥舞那激情荡漾的笔——写诗。

胡浩坐在金融街他那敞亮的办公室里等待灵感,此时,邱华栋正在他那堆满书籍的拥挤的办公室里等待胡浩的诗稿。胡浩要出诗集,邱华栋要写序。

胡浩等待的诗意很快就来了,一切都和胡浩的生活状态有关。胡浩在洁白的纸上写出了当时的感受:《金融街加班之贵族》,"贵族,不过是个诳语/对于时间/你总是捉襟见肘/酷似一个佃农/所以,你向黑夜/打了欠条/将白昼拉长/就似把灯捻拉长/把橡皮筋拉长/生活也被拉长了/只是一节长/一节短/失去了平衡……"

我不敢说胡浩的诗是世界上最好的诗,但肯定是最有意思的诗。贴近生活,接地气,信手拈来,把生活的水分用手一挤,液汁流淌,化为笔墨,结晶成诗行。

胡浩的工作是和金钱打交道,钱对于胡浩来说就是一种数字,没有质感,枯燥乏味。于是,胡浩把钱写成了诗,于是钱就有了生命,变成了兄弟,成了神秘的武林高手。

"我很想双手抱拳/尊重地喊一声'孔方兄'/让他执我之手/抱我始终……"

可是,"孔方兄却在不断地变换身份/改头换面/从石族、贝族到铁族/再从银族、金族到电子族/依旧是行走江湖/秉性难改,亦正亦邪/既嫌贫爱富,也积善好施/既杀人不见血,也救人于水火/时而如亲如面/时而神龙见首不见尾/真可谓成也孔方兄/败也孔方兄……"

胡浩和我们这些文友见面时,经常发出感慨:好在有你们这些文学界的朋友,有诗歌,否则我的生活就只剩下那些象征着金钱的数字了。胡浩不是土豪,人家说的是真话,他的业余生活靠诗情支撑,靠诗意盘活,靠诗歌润色。

如果有一阵子没有胡浩的消息,你根本不需要去问，他肯定又出国了。你从他的诗中完全可以看到他又去了哪些国家，他的行走轨迹。他行走的轨迹充满了诗意。《奥卡万戈》《维多尼亚湖》《伊豆》《马丘比丘》《香榭里大街》《达沃斯》《佛罗伦萨》《迪拜》《新加坡》这些都是诗歌的题目，诗意和诗人的脚步如影相随，边走边唱。这些诗你基本上无法用好与坏来言说，任何简单的判断都是对胡浩诗歌创作的强拆。

胡浩热爱文学，坚持写诗，不写诗他就觉得生活寡淡。他写诗没有任何功利心，肯定不会为金钱创作，甚至不是为了发表而写。要不是当年《诗刊》主编叶延滨和《人民文学》副主编邱华栋直接向他约稿，他根本不会把作品拿出来示人。

第一次发现他写诗还是很多年前，那时候他还不是银行高管，是一位银行中层职员，他被派到南水北调中线工程办公室工作。为了让世人更了解南水北调的情况，一群作家坐汽车从北京团城湖出发了，一路经保定、石家庄、邢台、邯郸，跨越漳河，以管涵方式穿过黄河，沿伏牛山南麓向西南，最后到达汉水上游的丹江口水库，全长1427公里，我们走了一个星期。这次行走是胡浩陪伴着我们的，一路上他如数家珍介绍南水北调。在他的口若悬河中居然出现了很多有诗意的句子，这引起了诗人舒婷的注意。当被舒婷问及是不是写过诗，胡浩谦逊地笑了。

可见,胡浩业余写诗已经很久了。他的诗发自内心,是一种自然而然的流露,洋溢着对生活的热爱和忧伤,而忧伤是一个好人的标志。从"南水北调"之旅之后,我们成了胡浩的朋友。我们看到他从一个银行的中层职员成为董事会秘书,然后成为副行长。他升官了,却没有忘记写诗,而且他的诗越写越好,逐渐成熟,而我们往往会成为第一读者。每当他从国外回来,见到我们时他会热情奔放,说:"兄弟,想死我了。我这一趟又走了一些国家,人困马顿。"有时,他会不经意地透露海外机构申设、收购之事。当然,这属于他的"秘密",我们都只是莞尔一笑,当作什么也不曾听见。

"世界是一个巨人,资本的流动就是血液。任何一个国家没有了血液就会死亡,而各国银行就是大小不同的血库。"当胡浩谈到这些时,目光远大,野心勃勃。这时,王刚会问:"你最近写诗没有?"胡浩脸上就会突然出现谦逊的笑,和刚才谈资本并购判若两人。王刚在全国到处有房子,每年总是东南西北地住,只要他听说胡浩要和大家见面,总是从外地飞回来。王刚说胡浩这人有意思,他会激发人的灵感。后来,王刚写长篇小说《福布斯咒语》,不知道从胡浩那里得到了多少灵感。

胡浩当然又写诗了,他连舒婷都拥抱了,还怕写不出诗嘛。只是这首叫《雨季》的诗中却弥漫着淡淡的忧伤。"雨,回不了头/杜鹃的鸣叫/急迫/而渊深/在杜鹃的鸣叫里/雨回不了头/清愁回不了头//泪,回不了头/诗的哀嚎/凄迷/而苍茫/一首诗在白纸上挣扎/泪回不了头/那个人回不了头……"

那个人是谁呢?不知道,反正不是我。

后　记

我在2010年5月出版第一本诗集后,创作便进入了一个断断续续期。这不仅仅是工作的繁忙,世俗事务的纠缠,更多的是因为一颗被打扰的心很难得平静下来。一颗无法平静的心是不能酝酿优美的诗歌的。相信大家同意这样一句话:诗歌是岁月静好的回声。非常遗憾的是,我虚掷了许多光阴。六七年的时间里,总共创作不到七十首诗歌,这也使我面对关心我诗歌创作的朋友和读者时,常常隐隐地不安和忐忑。

好在初心仍在。这些不多的作品都相继发表在了《人民文学》《诗刊》《诗歌月刊》上。部分作品,从2010年开始,也相继选入中国作协创研部选编(韩作荣老师负责)、谭五昌主编、林莽主编、邱华栋主编的中国年度诗选里。所以,我要感谢那些为了诗歌繁荣辛勤工作的编辑们,感谢那些素不相识却关心我诗歌创作的诗友们,感谢那些相识多年不断鞭策我诗歌进取的好友们。

这部新诗集,由2010年以后发表的作品和部分以前的作品合编而成。基本体现了本人多年诗歌创作的美学偏好与取向。它不完美,我也从来不敢自矜。但毫无疑问,它是我内心深处的原创。我总在想,诗之所以为诗,是因为它不仅是音乐的、可理解的,也是含蓄的、婉转的,更是质朴的、真实的。如果在诗中,我们发现了向上的、向善的、诚挚的东西,尽管有瑕疵,有残缺,但它仍然不失为是一首诗,一首好诗。所以,对于不同的诗歌创作,我们应该抛弃个人的好恶,摒弃喧嚣的、无用的争论。现代诗歌的创作应该是开放的、包容的,直入人的悲喜情怀的。

这部诗集取名为《温暖的事物》,源于李少君君的建议,后经征求潘凯雄、施战军、邱华栋、王明韵、王刚、张者、沈开涛、戴剑峰、张月、王东生、叶卫东等朋友和同事们的意见,由李敬泽君最后拍定。提及此事,本人绝无附骥攀鸿或附骥名彰之意,以上诸君,与本人相识,亦师亦友多年,不仅在诗歌创作上,使我受益良多,也使我收获了温暖的友情。在我看来,无论世事如何变幻,沧桑也好,炎凉也好,狗苟也罢,哪里有友情,哪里就会有温暖;哪里有温暖,哪里就有诗歌。所以,在此,我还要特别地感谢邱华栋、李少君、王刚、张者四友,他们在百忙中为拙作写跋,尽管跋中的一些褒扬令我惴惴不安;我还要特别感谢张月博士为此诗集所做的大量校对、编排以及出版联络工作,使此书得以顺利出版。

最后,我想表达的是对家人的感激。感激爱人夏星的多年相伴,无微不至的关怀,殷殷恳切的信任;感激儿子和儿媳对父亲的支持、牵挂,所有这些情愫,无疑构成了这部诗集《温暖的事物》最核心的部分。所以,如同第一本诗集,我也要将此书献给我的家人,献给即将出生的远在大洋彼岸的孙子,我希望这是他来到这个美丽星球的第一份礼物!

2017年4月17日于北京